AF501259

COLLECTION L[alesnade]

2e CATALOGUE

ESTAMPES

PORTRAITS

ET PIÈCES

RELATIVES AUX BEAUX-ARTS

VENTE 20, 21 & 22 DÉCEMBRE

EXPOSITION DIMANCHE 19 DÉCEMBRE

Me DELBERGUE-CORMONT, Commissaire-Priseur.

M. VIGNÈRES, Marchand d'Estampes.

1858

PORTRAITS EN BISTRE.

Collection de Portraits inédits ou rares de Personnages célèbres

REPRODUITS NOUVELLEMENT PAR LA GRAVURE.

Publiés par VIGNÈRES, marchand d'Estampes,

Rue de la Monnaie, n. 15, à l'Entresol, entrée rue Baillet, n. 1.

ALBANY (Louise-Max. de Stolberg, comtesse d'),	Gravée par Varin.
AMOROS, colonel, fondateur de la gymnastique en France,	id.
ARGOUT (Antoine-Maurice-Apollinaire, comte d'),	J. Porreau.
BABEUF (F.-N.-Gracchus), journaliste,	id.
BARÈRE (Bertrand), de Vieuzac, conventionnel,	id.
BEAUHARNAIS (comtesse Stéphanie de), poëte, romancière,	Sisco.
BERRUYER, général, commandant des Invalides,	J. Porreau.
BERTRAND DE MOLLEVILLE, marquis, ministre, littérateur,	id.
BIÈVRE (marquis de), célèbre auteur de calembours,	id.
BONJOUR (Casimir), auteur dramatique,	id.
BOSSUT (Charles), mathématicien,	id.
BRAZIER (Nicolas), auteur dramatique, d'après Marlet,	id.
BRISSOT (J.-P.), de Varville, conventionnel,	id.
CANCLAUX (J.-B. Camille, comte de), général, pair,	id.
CAYLA (comtesse de), née Talon, d'après le bar. Gérard,	Massart.
COCHON, comte de l'APPARENT, conventionnel, ministre,	J. Porreau.
DEBUREAU, acteur des Funambules, Pierrot,	id.
DE FERMONT (comte), député, conseiller d'Etat,	id.
DEVIENNE, actrice, Théâtre-Français,	Normand.
DONADIEU, baron, général de division,	J. Porreau.
DORAT-CUBIÈRES PALMEZEAUX, poëte, auteur dramat.,	id.
DROZ (Joseph), littérateur, académicien,	id.
DUCHESNE aîné, conservateur du cabinet des estampes,	id.
DUCOS (Roger), avocat, constitut., 3e consul provisoire,	id.
ELIE DE BEAUMONT, avocat au parlement de Paris,	Devritz.
EMPIS (Adolphe), auteur dramatique,	J. Porreau.
EPAGNY (d'), poëte dramatique,	id.
FABRE DE L'AUDE (comte), député, pair, littérateur,	id.
FIEVÉE (J.), littérateur, auteur dramatique,	id.
FRÉRON (Louis-Stanislas), conventionnel,	id.
FROCHOT, comte, préfet, député,	id.
GARNERIN (A.-J.), inventeur du parachute,	id.
GARNERIN (Elisa), aéronaute,	id.

GAUDIN, duc de Gaëte, ministre des finances, J. Porreau.
GENLIS (A. Brulard, comte de), cap. des gardes, convent., id.
GEOFFROY (J.-L.), critique, journaliste, id.
GODOI (don Manuel), prince de la Paix, Varin.
GOUFFÉ (Armand), chansonnier, vaudevilliste, J. Porreau.
JOUFFROY (Théodore-Simon), professeur, académicien, id.
JOUSSELIN DE LASALLE, homme de lettres, id.
KANT (Emmanuel), philosophe allemand, Bracquemond.
LAINÉ (J.-H., vicomte), ministre et académicien, J. Porreau.
LAMBALLE (princesse de), dess. d'ap. nature par Gabriel, id.
LASOURCE (M.-David-Albin de), député du Tarn, id.
MARAT, à la tribune, dess. d'après nature par Gabriel, id.
MARTIN (Louis-Aimé), littérateur, id.
MAZÈRES (Édouard), auteur dramatique, in-8 et in-4, id.
MESMER, auteur du magnétisme animal, id.
MEZERAI, actrice, Théâtre-Français, Normand.
ORLÉANS, duc de Montpensier (Ant.-Philippe d'), 1775-1807. J. Porreau.
PERSUIS (L. Loiseau de), musicien, d'ap. Pierre Guérin, id.
PETIET (Claude), député, ministre de la guerre, id.
PHILIDOR (André-Danican), musicien, auteur du jeu d'échecs, id.
PIXÉRÉCOURT (Guilbert de), fac-simile, d'après J. Boilly, in-4, id.
PONGERVILLE (Sanson de), académicien, id.
RAMEL NOGARET, ministre des finances, préfet, id.
REVEILLÈRE-LEPEAUX, botaniste, théophilanthrope, id.
ROBERT LINDET, député, conventionnel, ministre, id.
ROMME (Gilbert), conventionnel, id.
ROUGET DE L'ISLE, auteur de *la Marseillaise*, musicien. Varin.
SAINT-HURUGE (marquis de), J. Porreau.
SAINT-PRIX, acteur, Comédie Française, id.
SAINT-SIMON (Claude H., comte de), philosophe, Ferrot.
SYLVAIN MARÉCHAL, poëte et littérateur, Devritz.
TALLIEN (Mme), née Cabarus, d'après le baron Gérard, Massard.
TREILHARD (J.-B., comte), député, ministre, etc., J. Porreau.
VADIER (A.), député aux États Généraux, id.
VATOUT (J.), poëte, académicien, bibliothécaire, Varin.
VIGÉE (L.-G.-B.-E.), poëte et auteur dramatique, J. Porreau.
CARTOUCHE (Louis-Dominique), fameux voleur, Lallemand.
MANDRIN (Louis), fameux contrebandier, Delaistre.

Chaque portrait pouvant entrer dans un in-8 est tiré in-4.
Avec la lettre, papier blanc, 1 fr.; papier de Chine, 1 fr. 25 c.
Avant la lettre, papier blanc, 1 fr. 50 c.; papier de Chine, 2 fr.
Dont il n'est tiré que 20 épr. blanc et 5 Chine.

Afin de faciliter les recherches des amateurs de portraits, soit pour les illustrations, soit pour les collections d'autographes ou autres, un *Catalogue détaillé* de quelques collections de portraits qui peuvent se trouver chez moi, classés par ordre alphabétique, sera remis aux personnes qui en feront la demande affranchie.

RENOU et MAULDE, imprimeurs de la Compagnie des Commissaires-Priseurs,
rue de Rivoli, 144.

2me CATALOGUE

D'ESTAMPES

Composant le Cabinet de M. L.....

ENVIRON 3,500 PIÈCES

PORTRAITS

DE

PEINTRES, SCULPTEURS, ARCHITECTES
COMPOSITEURS DE MUSIQUE, MUSICIENS
ÉCRIVAINS, POÈTES, AUTEURS DRAMATIQUES
THÉATRE, ACTEURS, ACTRICES
Scènes théâtrales, Danse
MAGNÉTISME

CARICATURES ET PIÈCES DIVERSES

RÉDIGÉ PAR A. ROCHOUX

DONT LA VENTE AURA LIEU

HOTEL DES COMMISSAIRES-PRISEURS

Rue Drouot, n° 5

SALLE N° 3, AU 1er ÉTAGE

Les Lundi 20 Mardi 21 et Mercredi 22 Décembre 1858

A UNE HEURE

Par le ministère de Me **DELBERGUE-CORMONT**, Ce-Priseur
rue de Provence, 8

Assisté de M. **VIGNÈRES**, Marchand d'Estampes,
rue de la Monnaie, 13, à l'entresol; entrée rue Baillet, 1

CHEZ LEQUEL SE DISTRIBUE LE CATALOGUE

EXPOSITION PUBLIQUE

Le Dimanche 21 Décembre 1858, de 1 heure à 4 heures

—

1858

On commencera à une heure précise.

ORDRE DES VACATIONS.

PREMIÈRE VACATION. — *20 décembre.*

Nos 1 à 143. — Artistes français.
453 à 540. — Acteurs et actrices.

DEUXIÈME VACATION. — *21 décembre.*

Nos 144 à 188. — Artistes étrangers.
189 à 306. — Musiciens.
623 à 668. — Danse, magnétisme, pièces diverses.

TROISIÈME VACATION. — *22 décembre.*

Nos 307 à 452. — Écrivains.
541 à 622. — Acteurs et actrices.

Les pièces décrites sous un seul numéro pourront être divisées.

Au comptant.

Cinq pour cent en plus des enchères, applicables aux frais.

M. VIGNÈRES, faisant la vente, se charge des commissions.

Gentlem 1 Engl. 15 Hard. 6.50

Hard. 2.50

Engl. 10

DÉSIGNATION

DES ESTAMPES

ARTISTES FRANÇAIS

PEINTRES, SCULPTEURS, ARCHITECTES, GRAVEURS.

1 **Audran** (Benoît). Avec entourage de Babel.
2 **Audran** (Gérard), par Dupuis, d'ap. Coysevox.
3 **Ballin**, orfèvre, par Lubin.
4 **Barbier Walbone**, par Aubertin, d'après Isabey.
5 **Basan**, par Marais, d'ap. Cochin. — Le même, par Choffard, joli petit port. avant la lettre au dos.
6 **Baur** (J. Guill.), d'ap. lui-même, par Meyssens.
7 **Belle**, d'ap. lui-même, par Tardieu.
8 **Bergeret**, d'ap. lui-même, par Claire Bergeret.
9 **Blanchard** (Jacques), d'ap. lui-même, par Edelinck.
10 **Boichot**, d'ap. lui-même, par Mougeot.
11 **Bouchardon** (Edme), d'ap. Cochin.
12 **Boucher** (F.), par Gautier Dagoty et L. Bosse, d'ap. Roslin. 2 p.
— par Lau. Cars, d'ap. Cochin, épr. avant le nom des artistes. — Le même, avec les noms.
13 **Bon de Boullongne**, d'ap. lui-même, par J.N. Tardieu. — Autre par J. N. Tardieu d'ap. Allou.
14 **Boudan** (Alex.). A édité des estampes, par Sarrabat, d'ap. Cl. Lefèvre.

15 **Bourdon** (Séb.), par Ben. Éredi et Malbeste. 2 p.
16 **Brenet** (N. Guy), par Miger, d'ap. Cochin.
17 **Caffieri**, par Saint-Aubin, d'ap. Cochin.
18 **Callet**, de la ci-devant académie de peinture.
19 **Callot**, par Lœmans, M. Lasne, Eredi, etc., 4 p.
20 **Cars** (Laurent), par Saint-Aubin, d'ap. Cochin.
21 **Cayeux**, par Lempereur, d'ap. Cochin.
22 **Caylus** (comte de), par Gautier Dagoty, Littret et de Lorraine. 3 p.
23 **Chardin** (Jean Siméon), par Laurent Cars et Rousseau, d'ap. Cochin. 2.
24 **Charlet**, lith., par Benjamin.
25 **Chauveau**, par Cossin, d'ap. Lefebure.
26 **Chereau** (Jac.-Franç.), par Ant. Carrée, d'ap. Prevost.
27 **Chereau** (François), par Petit, d'ap. Dufreneau.
28 **Chézy**, ingénieur, par Desprée.
29 **Cochin** (C. N.), d'ap. lui-même, par Prevost. -- Buste sur un piédestal entouré des Grâces et couronné par un génie, par Gaucher, d'après Monnet. Jolie petite pièce, — par Daullé, 1754.
30 **Constantin** (A.), peintre en émail.
31 **Cotte**, (Rob. de), architecte, par Drevet, d'ap. Rigaud.
32 **Coustou** (Ch.-Pierre), architecte du roi, par Nicollet, d'ap. Cochin.
Coustou (Guill.), sculpt. par Saint-Aubin, d'ap. Cochin.
Coustou (Nic.), par Oubrier, d'ap. Legros.
33 **Coypel** (Ant.), d'ap. lui-même, par Massé. — Autre, par Cecchi.
34 **Coysevox** (Ant.), par Mathey, d'ap. Rigaud.
35 **Dandré-Bardon**, par Moitte, d'ap. Roslin.
36 — Autre, par S. Thomassin, d'ap. J. B. Vanloo.

Hard. 11 Goulding 1 5

Dest. 20

Gaulois 1

37 **Decremps** (H.), dans un médaillon rond, au-dessus : L'art de faire les portraits à la silhouette en miniature à la manière anglaise à l'aide de la chambre obscure.

38 **Denon** (Vivant), trois portraits par lui-même, dont un en pied fort joli.

39 **Descamps** (Jean-Bapt.), par Rousseau, d'ap. Cochin.

40 **Desjardins** (Mart. van den Baugart), par G. Edelinck.

41 **Desrochers**, par lui-même.

42 **Duchange** (G.), par Dupuis, d'ap. Cochin.

43 **Dumont** (F.), par Saint-Aubin, d'ap. Cochin.

44 **Dumont le Romain** (J.), par Flipart, d'ap. Latour et Saint-Aubin, d'ap. Cochin. 2 p.

45 **Duplessis-Bertaux**, par lui-même et par Bonneville. 2

46 **Eisen** (Ch.), par Fiquet, d'ap. Vispré.

47 **Eude de Montreuil**, architecte.

48 **Faivre**, architecte, par Gounod, d'ap. Wicar.

49 **Fer** (Nicolas de), géographe.

50 **Flipart** (J.-J.), par Ingouf jeune, joli portrait.

51 **Fragonard** (H.), par Le Carpentier. Très-rare.

52 **Francheville** (P. de), architecte, par P. de Jode, d'ap. Bunel.

53 **Gantrel** (Et.), par Sarrabat.

54 **Gaucher** (Ch. Et.), d'ap. Noireterre. Joli petit portrait.

55 **Gelée** (Cl. le Lorrain), buste par Masson, d'ap. Bonvallet.

56 **Gillot**, d'ap. lui-même, par Aubert.

57 **Girardon** (Franç.), par Duchange, d'ap. Rigaud.

58 **Gois**, par L. Françoise Jacquinot, d'ap. Dumont.

69 **Gravelot**, par Gaucher, d'ap. Delatour. Joli petit portrait, — par Massard, d'ap. le même, Henriquez et anonyme. 3 p.

60 **Greuze**. — Chez Bligny.

61 **Gros de Boze**, garde des médailles du cab. du roi, par Dupuis, d'ap. Chevalier, avec entourage de Babel. — Autre, par André Bouys. (R. D. 4.) Très-belle épr. rare.

62 **Guibal** (N.), par Bottger, d'ap. Schenau.

Guibert, d'ap. Greuze.

63 **Hallé** (Cl.), par Larmessin, d'ap. Legros.

Hallé (Noël), chez Bligny et par Nicollet, d'ap. Cochin. 2.

64 **Houel**, par Mme Lingée, d'ap. Cochin.

65 **Jeaurat** (Edm.), par Mlle Jacquinot, d'ap. Mlle Rotrou et Gois. 2 p.

66 **Lafosse** (Ch. de), par Duchange, d'ap. Rigaud.

67 **Lagrenée**, par Gauthier.

Lahire, par François. 2 p.

68 **Lairesse** (G. de), d'ap. lui-même, p[illegible]aps.

69 **Lalive de Jully**, par lui-même, d'ap. Cochin. Joli portrait.

70 **Largillière** (N. de), d'ap. lui-même, par F. Chéreau. — Autre, avant le nom des artistes.

71 **Launay** (N. de), par Huot, d'ap. Saint-Aubin.

Lebas (Ph.), par Gaucher, d'ap. Cochin.

Lebrun, par Dupin et Cecchi. 2 p.

72 **Leclerc** (Séb.), par Duflos, Sturt, Prévost et Dupin. 4 p.

73 **Lemoine** fils (J.-B.), par Dupuis, d'ap. Cochin.

Lépicié (N.-B.), par Rousseau, d'ap. Cochin.

Lesueur, statuaire, par Dutertre.

74 **Lesueur** (Eustache), d'ap. lui-même, par Van Schuppen.

Lesueur (Eustache), par Eredi.

Hardouin 6

Gaultier Hardouin 4

Bailly 10 Gaultier 7

Hardouin 6

Hardouin 2 50

75 **Liotard** (I.-F.), par lui-même. Rare.

76 **Mansart** (Franç.), architecte, par Edelinck, d'ap. Namur.

77 **Marcou** (Franç.) (a fait des dessins d'arquebuserie), par Réné Lochon. Rare.

78 **Mariette** (P.-J.), par Saint-Aubin, d'ap. Cochin.

79 **Massé** (J.-B.), d'ap. Cochin.

80 **Meissonnier**, architecte, d'ap. lui-même, par Beauvais.

81 **Mellan** (Cl.), par Edelinck, Marlié Lépicié et anonyme. 3 p.

82 **Michallon**, par J. Coiny, 1822, à l'eau forte.

83 **Mignard** (Pierre), par Schmidt, d'après Rigaud. Très-beau portr., — par Edelinck et Fiquet. 2 p.
Mignard (Nic.), par Cecchi.

84 **Moreau** jeune, par Saint-Aubin, d'ap. Cochin. Joli petit portrait. Rare.

85 **Moyreau** (J.), par lui-même, d'ap. Nonotte.

86 **Nanteuil**, par Romanet et Eredi. 2 p.

87 **Papillon** (J.-Bapt.-Michel), gravé par Caron. Sur bois.

88 **Parrocel** (Ch.), d'ap. Cochin, par Dupuis et Cochin.
Parrocel (J.), par Schmidt, d'ap. Rigaud.

89 **Pellerin** (Joseph), célèbre antiquaire, par Saint-Aubin. Epr. avant la lettre. Très-rare. — Le même, avec la lettre.

90 **Pelletier**, d'ap. lui-même, par Duponchel. Avant la lettre.

91 **Perronet**, architecte, par Lempereur, d'ap. Trinquesse.

92 **Perignon**, par Miger, d'ap. Cochin.

93 **Peronneau**, par Nicolet, d'ap. Cochin.

94 **Perronet** (Rodolphe, par Saint-Aubin, d'ap. Cochin. — Autre, par Despréc.

95 **Petitot**, par Ben Eredi.

96 **Picart** (B.), par N. Verkolie.

97 **Picault** (Rob.), épr. avant toute lettre.

98 **Pierre**, par Saint-Aubin et Watelet, d'après Cochin. 2 p.

99 **Pigalle** (J.-Bapt.), par Saint-Aubin, d'ap. Cochin. Épr. d'eau forte pure. — Le même, terminé.

100 **Piles** (Roger de), par B. Picart.

101 **Pineau**, sculpteur, par Moreau jeune, d'ap. Merelle. Charmant petit portrait. Rare.

102 **Porrseu**, par Desrochers, d'ap. Largillière.

103 **Poussin** (N.), des grand hommes de Perraut. — Autres, par Clouet et Colombini. 2 p.

104 **Puget**, par Dupuis. Épr. avant toute lettre. — Le même, avec la lettre.

105 **Quesnel** (François), d'ap. lui-même, par Michel Lasne. Épr. avant l'adresse de Mariette.

106 **Renou**, par Miger, d'ap. Cochin.
Restout, d'ap. Cochin. Rogné.

107 **Rigaud** (Hyac.), d'ap. lui-même, par P. Drevet. — Par Fiquet et Eredi. 2 p.

108 **Robert** (Hubert), par Miger, d'ap. Isabey.

109 **Roettiers** (Jacques), par Saint-Aubin, d'ap. Cochin.
Roettiers (Joseph-Ch.), graveur général des monnaies, par Vermeulen, d'ap. Largillière. — Autre, par Saint-Aubin, d'ap. Cochin.

110 **Roslin**, par Nicollet, d'ap. Cochin.

111 **Saly**, par Rousseau, d'ap. Cochin.

112 **Sarazin** l'aîné, par Cochin.

113 **Sauvage**, inventeur du physionotype, par Curty. A l'eau-forte.

114 **Silvestre** (Louis de), par Watelet, d'ap. Cochin.

[illegible] 63. [illegible] 9.

[illegible] 20

[illegible]

[illegible] 2, 25

Payh. 20

[illegible]

[illegible]

115 **Simon** (Pierre), graveur, par Trouvain, d'ap. Tortebat. Beau portrait.
— par Edelinck, d'ap. Ernou.

116 **Slodtz** (Paul-Ambroise, Sébastien-Antoine et Michel-Ange), par L. Cars, d'ap. Cochin. 3 p.

117 **Troy** (Franç. de), d'ap. lui-même, par J. B. Poilly. Très-belle épr,

Troy fils (J.-F. de), par Rousseau, d'ap. Cochin.

Troy (J.-B. de), par Delaunay, d'ap. Aved.

118 **Valenciennes**, par Saint-Aubin, d'ap. Moreau jeune.

119 **Vanloo** (Carle), par Daullé, d'ap. Cochin.
Vanloo (J.-Bapt.), par Cecchi.

120 **Vanspaendonck**. 2 portr. lith.

121 **Varin**, graveur des monnaies, par Edelinck.

122 **Verdier** (F.), par Desrochers, d'ap. Ranc.

123 **Vernet** (J.), par Cathelin, d'ap. Moreau jeune et L. M. Vanloo. 2 p.

Vernet (Cl. Jos.), par Nicolet, d'ap. Cochin.
Vernet (Carle), par H. Dupont.
— Joseph et Carle Vernet, et J. M. Moreau sur la même feuille, lith. par Fanny Vernet, née Moreau.

124 **Vouet** (Simon), par François Perier. Beau portr. avec entourage ornementé. Rare.
— Par Marlié Lépicié et Betti. 2 p.

125 **Vouillemont** (Sébast.). Une note manuscrite au bas indique que c'est son portrait gravé par lui-même.

126 **Watteau** (Ant.), avec cette mention au bas à gauche : *Ipse se pinxit.* — Le même. *L. Crépy filius sculp.* avec 4 vers et l'adresse de Gersaint.

127 **Watelet**, par lui-même, d'ap. Cochin.
— par Lempereur, d'ap. Cochin. 2 joli portr.

128 **Will** (Jean-George), par Ingouf, 1771, d'ap. Will fils.

— Par J.-G. Muller, d'ap. Greuze.

ALLÉGORIES, CARICATURES, EXPOSITIONS DE PEINTURE.

129 L'académie des maîtres peintres, détruite par l'académie royale. Pièce à l'eau forte.

130 L'Alliance de la peinture et du dessin, par *Pelletier*, d'ap. Natoire.

131 Concours pour le prix de l'étude des têtes, par *Flipart*, (1763), d'ap. Cochin en 1761. Jolie pièce.

132 Indulgence plénière aux peintres et sculpteurs de la confrérie de Saint-Luc. Jolie pièce par Ch. *Eisen*.

133 Les connaisseurs, les brocanteurs et les juges au salon, par *Caylus*. 1re épr. avec assemblée de brocanteurs, à la pointe. — 2e avec le titre indiqué plus haut.

134 Dédié à très-haute, très-puissante, très-ridicule dame, femme de J. B. Greuze, etc. Pièce à l'eau forte, très-vive critique du talent de Greuze.

135 Lettres sur les tableaux du Salon, par le juge ordinaire. (Un aveugle conduit par un chien). Pièce à l'eau-forte.

136 Exposition au salon du Louvre en 1785. Exposition en 1787, par *Martini*. 2 pièces intéressantes et peu communes.

137 Exposition en l'an VIII, par *Monsaldy* et *Devisme*. 1re et 2me planches. 2 pièces rares.

138 Le grand chiffonnier-critique du salon de 1806. (C'est un âne inspiré par un dindon.) A la grande renome des zartistes flaman, on décrote propremant. Avec chanson en 16 couplets au bas. Rare.

Pagl. 25

R. Z. L.

Total 30.

139 Celui qui méprise les arts et n'en sent pas l'utilité est.... (Représentation d'une cruche). Belle pièce à l'eau forte, avec cette inscription sous le trait carré à gauche : *E. Lesueur peint. sculpt.* Rare.

140 L. sort des artistes, pièce allégorique.

141 Le Figaro de la Vallée, Figaro et sa tête à perruque, Denon encensant le Bœuf Apis, Ibis, Chats et Magots, Saute pour le roi. Quatre caricatures sur M. Denon.

142 Amour des Arts. Un charretier emmène l'Apollon du Belvéder en frappant son cheval avec un bras cassé de la statue. Caricature exécutée sous la restauration. Très rare.

143 Analyse de la beauté, deux pièces, d'ap. Hogarth.

ARTISTES ÉTRANGERS

144 **Aldtorfer** (Albert). Petit maître allemand du XVIe siècle.

145 **Bancks** (Ch.), peintre à l'encre de la Chine en miniature, d'apr. lui-même, par Mac Ardell. Joli portr.

146 **Bartolozzi** (François), par Bouillard, d'apr. Violet. Très-belle épr. avant le nom.

147 **Bloemart** (Abrah.), en clair obscur, avec rehauts de blanc. Beau portr.

148 **Borcilardi**, sculpteur, par Lempereur, d'apr. Trinquesse.

149 **Breemberg** (Barth.). Joli portr. à l'eau-forte.

150 **Brouwer** (Adrien). D'apr. Vandyck, par S. Bolswert.

151 **Buonarotti** (M.-Ange), par Ant. Capellan.

152 **Bylert** (Jean), d'apr. lui-même, par P. Balleu. Très-belle épr.

153 **Canal** (Ant.). Le maître qui a produit les belles eaux-fortes sur Venise.

154 **Canova**, par Pradier, d'apr. Gérard.

155 **Cignani** (C.), par Wagner, d'apr. Ferretti.

156 **Cornelissen** (Ant.), d'apr. Vandyck, par L. Vorsterman.

157 **Corvina** (Madalena), par Cl. Mellan. 1re épr. avant l'adresse d'Odieuvre; — 2e avec l'adresse.

158 **Denys d'Anversa** (Giacomo), peintre de la duchesse de Mantoue, par R. Collin.

159 **Dietrich** (J.-Paul), peintre et graveur.

160 **Donatello**, sculpteur florentin, dans la manière d'Eneas Vico.

161 **Graff** (Ant.). Son portrait par lui-même, à l'eau-forte.

162 **Holbein** (Jean), d'apr. lui-même, par André Stock.

163 **Juvenel** (Paul), par G. Strauch, 1655.

164 **Klerck** (Henri de), par L. Kilian.

165 **Krahe** (Lambert), à l'au-forte, par Fratrel.

166 **Lautensack** (Hans), par un maître à monogramme, 1554. Rare.

167 **Livens** (Jean), par L. Vorsterman, d'apr. Vandyck.

168 **Longhi** (Joseph), graveur célèbre, par P. Anderloni.

169 **Mengs**, par Lips.

170 **Merian** (Mathieu), par Rodolphe Meyer. — Autre avec la signature de P. Mariette, 1662.

171 **Mieris** (François-Van), d'après lui-même, par Miger.

172 **Dow** (Gé[illegible]), d'apr. lui-même, par J. de Frey.

[illegible]

[illegible]

[illegible]

[illegible] 25

0 ½ [illegible] 2 [illegible] 10

[illegible] 3.15

[illegible] 19

[illegible] 2

[illegible] 15

173 **Mind** (Godefroy), surnommé le Raphaël des chats.

174 **Peeters** (Jean), par L. Vorsterman jeune. Très-belle épr.

175 **Raphaël**, par Bonasone. Très-belle épr.

176 **Ricci** (Séb.), par Faldoni.

177 **Rubens** et **Vandyck** sur la même feuille. Vandyck facies pinxit, Eras. Quellinus del. P. Pontius, facies sculp.

178 **Sachtleven** (C.), par L. Vorsterman, d'apr. Vandyck.

179 **Seghers** (Gérard), d'apr. lui-même, par P. de Jode et d'apr. Vandyck. 2 p.

180 **Tempesta** (Ant.), par Octavius Leonus

Testa (Pietro), par F. Collignon.

181 **Troost** (Corn.), d'apr. lui-même, par Houbraken.

182 **Uden** (Lucas-Van), d'apr. Vandyck, avec l'adresse de Martin Van den Eden.

183 **Vezzo** (Virginia de), par Cl. Mellan.

184 **Vischer** (C. de), d'apr. lui-même, par B. Audran. Beau portrait.

185 **Willaerts** (Adam), d'apr. lui-même, par Van Steen.

186 **Winkelman**, par Blot, d'ap. Mengs.

187 **Zanetti** (Ant.-M.), d'apr. lui-même, par Jean de Plano.

188 — Sous ce numéro seront vendus 394 portraits d'artistes de toutes les nations. Le Corrége, Palamèdes, Poelembourg, La Rosalba, Steenvick, Titien, Tintoret, Véronèse, Wouvermans, etc. Cet article sera divisé.

MUSICIENS

189 **Auber** (J.-B.-D.), par Bourgeois de la Richardière, d'apr. Vincent.

190 **Baillot** (P.), professeur de violon.

191 **Bernier** (N.), maître de chapelle, par Fiquet.

192 **Berton**, par Saint-Aubin, d'apr. Dumont, épr. avant la lettre.

— Le même avec la lettre.

193 **Blanchard**, maître de musique de la chapelle du roi, par Saint-Aubin, d'apr. Cochin.

194 **Boïeldieu**, par Waschman.

195 **Bonnet** (Alb.), par Bourgeois de la Richardière, d'apr. Vincent.

196 **Bouffet**, professeur de chant et compositeur, lith.

197 **Bouvier**. De la musique particulière de l'empereur par Bourgeois de la Richardière, d'apr. Vincent. 2 épr. avec différence dans le texte.

198 **Breval**, violoncelle et compositeur, par Mme Lingée, d'apr. Moreau jeune.

199 **Brod** aîné, hautbois et compositeur, lithogr.

200 **Campra** (André), par N. Edelinck.

201 **Cassanea** de Mondoville, par Saint-Aubin, d'apr. Cochin.

202 **Charpentier**, organiste de Saint-Paul à Paris, par Miger, d'apr. Cochin.

203 **Cheron** (Aug.-Ath.), de l'Académie royale de musique, par Colinet, d'apr. Lefèvre.

204 **Corbetti**, célèbre guitariste.

205 **Corelli**, par Mathey, d'apr. Howard.

206 **Corrette** assis dans un intérieur et touchant d'un instrument. Rare.

[illegible] 1.50 Henry .50

Henry 1.50

[illegible] 1.50 Henry 1.50

[illegible]

Jany 4

Jany 1

Jany 150

Jany 5

Jany 6.50

207 **Dalayrac**, par Ruotte, Waschmann, et au physion. Quenedey, 3 p.

208 **Daquin**, organiste de la chapelle du roi (Desrochers).

— Le même tiré en rouge.

209 **Devienne**, par Heu, d'apr. Leroy.

210 **Duport**, violoncelle et compositeur, par Mme Lingée, d'apr. Cochin.

211 **Duvernoy**, célèbre cor et compositeur.

212 **Francœur**, par Mme Lingée, d'apr. Moreau jeune.

213 **Frescobaldi** (Jérôme), organiste de Saint-Pierre à Rome, par Mellan.

214 **Garat.** (Fabry) lithogr.

215 **Gasse** (F.) de la chapelle de l'empereur, par B. de la Richardière, d'apr. Vincent.

216 **Gatayes**, par Gelée.

217 **Gaveaux** (P.), au physion. Quenedey.

218 **Geminiani**, célèbre musicien italien, par Lucien, d'apr. Bouchardon, à la manière du crayon.

219 **Gluck**, par Saint-Aubin. Joli portrait.

— par Meyer, d'apr. Duplessis, Philippeaux, et au phys. Quenedey, 3 p.

220 **Gossec**, au physion. Quenedey.

221 **Gretry**, par Canu, par Simon, avec et avant la lettre.

— par Cathelin, Forget et au physion. Quenedey, 3 p.

222 **Grubert**, auteur d'une méthode pour le cornet à trois pistons, lithogr.

223 **Guichard**, professeur au Conservatoire, par Miger, d'apr. Dumont.

224 **Guignon** (J.-P.), de Turin, roi des violons, par Pinssio, d'apr. Vanloo.

225 **Habeneck** (f. a.).

226 **Handel** (G.-F.). par G.-F. Schmidt.
227 **Hasler** (Johan-Leo), excellent musicien saxon.
228 **Haydn** (G.), par Bartolozzi, d'ap. Ott.
— Par Muller, Trière, et au physion. Quenedey, 3 p.
229 **Herold**, par L. Dupré, lithogr.
230 **Imbault**, par Bourgeois de la Richardière, d'apr. Vincent.
231 **Isouard** (Nicolo). au physion. Quenedey.
232 **Jellotte** (P.), par Saint-Aubin, d'apr. Cochin.
233 **Jomelli** (N.), par de Lalive.
234 **Kreubé**, second chef d'orchestre de l'Opéra-Comique, par B. de la Richardière, d'apr. Vincent.
235 **Kreutzer**, par Lambert, d'apr. Vincent et au physion. Quenedey. 2.
236 **Lalouette**, par Tardieu, d'apr. Ferdinand.
237 **Lancez**, professeur de violon, par Mme Lingée, d'apr. Moreau jeune.
238 **Lassus** (Orlando), musicien. Joli portrait du XVIe siècle.
239 **Laujon**, doyen des auteurs dramatiques et lyriques, par Bourgeois de la Richardière et Macret, d'apr. Vincent, 2 p.
240 **Leclair l'aîné** (J.-Marie), de Lyon, par François, d'apr. Loir.
— Autre, par Lambert.
241 **Lefebvre**, chef d'orchestre de l'Opéra-Comique, par Pigeot.
242 **Lejeune**, premier basson, par Miger, d'apr. Dumont.
243 **Lesueur**. au physion. Quenedey.
244 **Libon**, compositeur et violoniste, par Lambert, d'apr. Vincent.
245 **Lochon**, professeur de violon, par Mme Lingée, d'apr. Moreau jeune.

[illegible]g. 15.. Harvey de.

[illegible]y 5

[illegible]y 1 50

[illegible] [illegible]

[illegible]]

[illegible] 6 50

246 **Lully** (J.-B.), par Roullet, d'apr. Mignard.
— par Saint-Aubin, d'apr. Cochin, Thomas et et Desrochers, 3 p.

247 **Marchand**, organiste du roi, par Dupuis, d'ap. Robert

248 **Martini**, par B. de la Richardière, d'apr. Vincent.

249 **Mascitti**, violoniste napolitain, par Caylus, d'ap. Doublet.

250 **Mehul**, par Waschmann, au physion. Quenedey, 2 p.

251 **Mercier** (C.-F.), par Villerey.

252 **Mereaux** (N.-J. de), musicien, par M. Miger, d'apr. Cochin.

253 **Mero** (Honoré-Joseph), par Duponchel. Joli petit portrait.

254 **Meyer** (J.), compositeur et organiste, par Herliberger.

255 **Moline**, auteur lyrique, par Mme Lingée, d'apr. Cochin.

256 **Monsigny**, au physion. Quenedey.

257 **Monte**, maître de chapelle de l'empereur Maximilien, élève d'Orlando Lassus, par Raphaël Sadeler. 1re épr. avant l'adresse de Mariette.
— 2e épr. avec cette adresse.

258 **Mozart**, par Muller, d'apr. Schmidt et au phys. Quenedey, 2 p.

259 **Mozin**. Joli petit portr. avant toute lettre.

260 **Paër** (F.), par Riedel et au physion. Quenedey, 2 p.

261 **Paisiello** (Jean), par Beisson, d'apr. Mme Lebrun, avant la lettre.
— Autre, par Vincent Aloja.

262 **Pastou**, fondateur de l'école de la lyre harmonique, 2 lithogr.

263 **Persuis** (Loiseau de), par Porreau.
— Autre, dessin au crayon, d'apr. Guerin.

264 **Philidor**, compositeur et célèbre joueur d'échecs, par Saint-Aubin, d'apr. Cochin. Raro.

265 **Piccini**, par Masquelier, en regard de Lulli. Joli petit portr. Rare.
— par Cathelin, d'ap. Robineau.
— par Pauquet, d'ap. Bergeret.

266 **Pleyel** (Ignace), en haut d'un titre.
— Autre différent, également en haut d'un titre. Ces deux portraits sont rares.

267 **Quinault**, par Sornique et Duponchel, 2 p.

268 **Rameau**, par Masquelier, 1770. Joli petit portr. Rare.
— En pied, se promenant dans la campagne, avec entourage ornementé. Jolie petite pièce.
— en pied, à gauche d'un titre.
— par Delatre, joli portr.
— par Gautier Dagoty et Benoît, d'apr. Restout, 2 p.
— Triomphe de Rameau. Jolie pièce.

269 **Richard de Lalande**, surintendant de la muque du roi, par Thomassin, d'apr. Santerre. Beau portr.
— Le même, par Mathey.

270 **Richer**, par Bourgeois de la Richardière, d'ap. Vincent.

271 **Richter**, maître de chapelle de la cathédrale de Strasbourg, par Guérin, 1785.

272 **Rigel**, musicien, par Dutertre.

273 **Sacchini**, par Saint-Aubin, d'ap. Cochin. Joli petit portrait.
— par Cathelin, d'ap. Jay, et au phys. Quenedey, 2 p.

Lavy 10

Heavy 2.50

Tiny 1.

Heavy 2.50

Drug. 3

[illegible] 1

Drug. 1.50

Drug. 2

[illegible] 2 25

274 **Schurman** (Anne-Marie), à l'âge de trente-trois ans.

— Autre, par Dupin, d'ap. elle-même.

275 **Sejan**, organiste du roi, par René, d'apr. Vincent, et Mme Lingée, d'apr. Cochin, 2 p.

276 **Seyxas** (J.-Ant.-Carlos et), par Daullé, d'après Vieira. Joli portr. Rare.

277 **Solié**, compositeur, par Cardon, d'ap. Riesener.

278 **Sorne**, par Bourgeois de la Richardière, d'apr. Vincent, de profil.

— Autre de trois quarts. Vincent del.

279 **Spontini**, par Bourgeois de la Richardière, d'ap. Vincent, et au physion. Quenedey, 2 p.

280 **Steibelt**, au physion. Quenedey.

281 **Tartini**, par Lambert.

282 **Tenducci**, comte palatin, manière noire.

283 **Tessarini**, professeur de violon et compositeur.

284 **Thevenard**, par Schmidt, d'ap. Geuslain.

285 **Trichet**, auteur d'un traité sur les instruments de musique, dont le manuscrit est à la Bibliothèque Sainte-Geneviève de Paris.

286 **Vernier**, professeur de harpe, par Benoist, d'ap. Dumont.

287 **Vivaldi** (Ant.), surnommé le prêtre roux, violoniste célèbre et compositeur.

288 **Walliser** (Chr.-Thomas), de Strasbourg, célèbre musicien, par Jacob de Heyde.

289 **Weber**, par Fréd. Muller.

290 — Divers autres portraits de musiciens et compositeurs. 11 pièces.

PIÈCES DIVERSES

SUR LA MUSIQUE. — CARICATURES.

291 Musicien assis jouant de la harpe, avant toute lettre, portrait dont nous ignorons le nom.

292 Les joueurs de hautbois, flûte, fifre et musette, 4 jolies pièces, par M. Lasne.

293 Un concert dans un parc, par J. Barra. Jolie petite pièce.

294 La musique, jolie composition d'ap. Watteau, par L. Surugue.

295 Concert mécanique inventé par Richard, par Longueil, d'ap. Eisen, 1769.

296 Le maître galant, par Berthet, d'apr. Desrais; le maître de musique, par Coquerel, d'apr. Lebrun. Deux jolies pièces à costumes et intérieurs.

297 Le maître de musique et le maître de danse, caricatures sous Louis XVI.

298 L'harmonie touchante, une jolie petite pièce, par Henriquez.

299 Allégorie sur la mort de Sacchini, d'apr. Moreau jeune.

300 La séance chez une amatrice, jolie scène avec costumes Louis XVI.

301 Les musiciens du nouveau et de l'ancien régime, cours complet d'éducation. Deux jolies pièces.

302 Canard avec complainte sur un nommé Roux, lequel ayant renié son père, le diable en prit possession. Très-rare.

303 Départ du musicien pour la Russie, et son retour. Deux caricatures.

304 Jury musical du Grand-Opéra, caricature,

[illegible] 2

[illegible] 1 50

Eurbank 1 50

[illegible] 2.

305 Première harmonie du royaume ; le musicien désappointé, le songe de Tartini, concert, quatre caricatures.

306 Enseignement mutuel de musique, quatre caricatures.

ÉCRIVAINS

POÈTES, AUTEURS DRAMATIQUES

(Portraits et Pièces.)

307 **Alfieri,** par Bettelini, d'apr. Tofanelli.

308 **Allais** (Jean de Beaulieu), auteur du divertissement poétique. 1634.

309 **Aneau** (Barthélemy), poëte du XVIe siècle, par Woeriot. R. D. 273, joli portrait avec entourage ornementé. Rare.

310 **Aubert** (l'abbé), fabuliste et auteur du poëme de Psyché, par de Lorraine, d'apr. Aubert.

311 **Babo,** auteur dramatique, par John, d'apr. Edlinger.

312 **Balzac** (Jean-Louis-Guez. de), de l'Académie. Beau portr. par Mellan.

313 **Balzac** (Honoré de), par Geoffroy, d'apr. Berthall.

Baour-Lormian, par Frilley.

Barbié du Bocage, par Geille et anonyme. 2 p.

314 **Barclay** (Jean). 4 portraits, différents anonymes. Joli costume Louis XIII.

315 **Barré, Desfontaines, Radet,** par Bourgeois de la Richardière, d'apr. Vincent.

316 **Bauduis** (Dominique), né à Lille, en 1606, poëte, 2 portails anonymes.

317 **Bayle** (Pierre), par Chereau, François, Petit, Michel et anonymes, 8 p. à diviser.

318 **Beauchâteau**, par Desrochers.

319 **Beaumarchais**, par Saint-Aubin, d'apr. Cochin.

— par Delattre, Leroy, Gauthier etc., 4. p.

— sur des nuages, avec le mot *Tarare* au bas; avant la lettre. Joli petit portrait.

320 **Beffroy de Reigny**, dit le Cousin Jacques, auteur des Lunes, de Nicodème dans la lune, du Club des bonnes gens, etc., par Bureau, d'apr. Violet.

321 **Belloy** (P. Laurent de), de l'Académie, par Littret, Saint-Aubin et Delvaux, 3 p.

— par Lebeau, d'apr. Desrais. Joli portrait.

— édit. Touquet et anonyme. 2 p.

322 **Benserade**, par Desrochers.

Bernard (Gentil), d'apr. Nattier. 2 p.

Bernardin de Saint-Pierre, par Roger, Ribault et Pelée, d'apr. Lafitte. 3 p.

323 **Béranger** par J. W. Reynolds, d'apr. Scheffer, par Pannier, et autre plus jeune, chez Blaisot. 3 p.

324 **Bertin** (chevalier). 3 p. dont une avant la lettre.

325 **Bièvre** (marquis de), connu par ses nombreux calembourgs. Rare.

326 **Bitaubé**, par Saint-Aubin, d'apr. Cochin. Charmant portr.

— par Pontieu et anonyme. 2. p.

327 **Boileau** (N.) par Chereau, d'apr. Rigaud.

— par Drevet, d'après de Piles, Desrochers, Delaunay, Lebeau, Roy, Manceau, et anonymes. 9 p.

— par Ravenet, d'apr. Rigaud.

328 **Boissy**. Édit. Touquet.

Boudier de Villemert, par Willemin.

[illegible]

[illegible] 2.50

[illegible] 3.50
[illegible] 2.50

[illegible] 2.50

Bossange 8.50
Martin 10 f

Bousquet Deschamps, par Deveria.

329 **Brandt** (Sébast.), poëte satirique, né à Strasbourg, 1458, mort en 1520.

330 **Brueys** (D. A.). Joli petit portrait, anonyme. Autre édit. Touquet.

331 **Brunck**, par Bradel, 1777.

332 **Buffon**, par P. Savart. Le médaillon seul avant l'entourage et avant toute lettre. Très-rare épr.

— Le même, avec la lettre et l'entourage.
— Par Vangelisty, d'apr. Pujos.
— Par Baron, d'après Drouais. 2 p. in-4° et in-8°.
— Par Cathelin, Gaucher et Bovinet. 3 p.
— Par Dupréel, Delignon, Saint-Aubin, etc. 7 p.

333 **Cailhava** (J. Fr.), par Gaucher, d'apr. Pujos. Joli portr. Rare.

334 **Campistron** de l'Académie, par Delvaux, et édit. Touquet. 3 p.

Champfort. Édit. Touquet.
Chaulieu (de), par Fiquet, d'apr. de Troy.
Chennevière, poëte, par Fiquet.

335 **Clopinel** (Jean), dit de Mung (a continué le Roman de la Rose). 2 p.

336 **Colardeau** de l'Académie, par C. V. D., d'apr. Vocriot. Autre par Lépine. 2 p.

Collé, avec trophées de vigne.
Collin d'Harleville par Allais, d'apr. Devéria, édit. Touquet. 2 p.

337 **Corneille** (P.), par Thomassin, Desrochers, Petit, Gaucher, Dupin, etc. 11 portr.

338 **Corneille** (Thomas), par Vallet, Thomassin, Duflos, Dupin, etc. 6 portraits.

339 **Crébillon**, par Bradel, Cathelin, Duflos, Delvaux, Ingouf, etc. 6 portraits
— par Balechou, d'apr. Aved. Beau portr.

340 **Crébillon** fils, par Saint-Aubin, d'apr. Gastinel. Joli portr. Très-rare.

341 **Cyrano de Bergerac**, par le Doyen, d'apr. Heince, par Scherm. Autres chez Daumont et anonyme. 4 p.

342 **Dacier** de l'Académie, par Gaillard, d'apr. Ferdinand. Joli portr. avant la lettre. Très-rare.
Le même avec la lettre.

343 **D'Alembert** par Savart, d'apr. Mlle Lusurier, avant la lettre. Rare.
— Le même, avec la lettre.
— par Watelet, d'apr. Cochin.
— par Saint-Aubin, avec entourage de 14 petits médaillons contenant les portraits de Voltaire, J.-J. Rousseau, Condorcet, Dumarsais, Buffon, etc. Très-jolie pièce.
— par Maviez, d'apr. Latour, Dupin, d'apr. Pujoz, Henriquez, d'apr. Jollain. 8 p.

344 **Danchet** de l'Académie.
Dancourt. Édit. Touquet.
Delavigne (C.), par Riffaut.

345 **Delille** (Jacques), par Alix. Beau portr. en couleur.
— Autre, par Joung, d'apr. Monnier.
Demoustier (Ch.-Albert), par Choquet.

346 **Desaugiers**, par Duplessis-Bertaux.
— par Fontaine, d'apr. Deveria, avant et avec la lettre.

347 **Descartes**, par Edelinck, 1er état.
— par Ficquet. Belle épr.
— par Schenck.
— Autre, chez Vallet.
— par Dupin, d'ap. Hals, Sergent, Desrochers, etc. 5 p.

Vitet 6.

Dury. 2 St Pecard 3.

clavy 3. [illegible]

clavy 2.50

Berger 5

[illegible] 1.00

[illegible] 1.50

[illegible] 1.50
[illegible]

348 **Desforges-Maillard** (Paul), par Tanjé.
— Autres, par Desrochers et anonyme. 2 p.

Desforges (Jean-Baptiste *Choudard*).

349 **Destouches** (Néricault), de l'Académie, par Vander-Schley, Petit, Fokke, Prevost, avant la lettre, édit. Touquet. 5 p.

350 **Diderot**, par Chevillet. Beau portr. avant la lettre. Rare.
— par Benoît, d'apr. Greuze, Dupréel, d'apr. Aubry, Henriquez, d'apr. Vanloo, David, Saint-Aubin, Chailly, édit. Touquet, Gaucher, Lardy. 9 p.

351 **Dorat**, par Delaunay, Saint-Aubin, Delvaux, d'apr. Denon, et par Dupin. 4 p.

352 **Dortous de Mairan**, d'apr. Carmontelle, 1760, beau portr. en pied. Rare.
— par Ficquet, d'apr. Tocqué. Beau portr.

353 **Doujat** de l'Académie, par Cossin, d'apr. Sicre.

354 **Dryden** par W. Sharp, d'apr. Kneller.

355 **Ducange** (Victor), par Bovinet, d'apr. Maricot.
Ducis par Pradier, d'apr. Gérard.
Duclos de l'Académie, d'apr. Cochin. 3 p.

356 **Dufaur** de Pibrac (Guy), par L. Gauthier, 1586.

357 **Dufresny** (Charles Rivière), par Joullain, d'apr. Coypel.

Dupuy de l'Académie, par Dupin, d'apr. Desrais et Pariset, d'apr. Pujos. 2. p.

Duval (A.), par Delvaux.

358 **Du Verdier** de Vauprivas, écrivain du XVIe siècle. Manière de Cr. de Pas.

359 **Etienne.** Son portrait, par Dequevauvillers, d'ap. Deveria.
— Les Cosaques littéraires en action, l'Émétique littéraire, La Culbute, Le Moderne Don Quichotte, Étienne se présentant pour l'Académie, Le Départ du paon pour l'immortalité, etc. 10 caricatures sur Étienne. Plusieurs rares.

360 **Fagan.** Édit. Touquet.
Favart. Édit. Touquet. Autre avec trophée de vigne. 2 p.

361 **Favereau,** par Bloemaert.
— Autre, par K. Audran, d'apr. S. Vouet, en haut d'un titre.

362 **Florian** de l'Académie, par Clément, d'ap. Laplace, avant et avec l'entourage. 2 p.
— par Gaucher, Bonneville et Legrand. 3 p.

363 **Foe** (Daniel de), par Delvaux.

364 **Fontenelle** (Bernard le Bovier de).
— par Sergent, en couleur.
— par Dupin, d'apr. Latour. Entourage de Babel.
— par Delaunay et Langlois, d'apr. Voiriot.
— par Delvaux et Duflos, d'apr. Rigaud.

365 **Fréron,** par Gaucher et Hubert, d'ap. Cochin. 2. p.
Gacon. Chez Daumont.

366 **Gall** (J.-B.), par Gaucher, d'apr. Lebarbier. joli petit portr.

367 **Gessner** (Salomon), par Delvaux, avant et avec la lettre. 2 p.
— par Saint-Aubin, d'apr. Denon. 2 différents, d'apr. Denon.
— par Lips, Pfeninger, Giraud, Berthé et anonymes. 7.
— par Eichler, d'apr. Graff.

[illegible]

[illegible]
[illegible] Henry

[illegible]

Vatel 3

Vatel 1

Renaud 3

Vatel 1

[illegible] 4

Renaud 2.

Vatel 3
Henry 1
Henry 2. 50

368 **Gilbert** (N.-J.-L.), par J. Benizy.
— Autre, anonyme.

369 **Gœthe**, par Aberkogler.

370 **Gombaut** sieur Dubois, de l'Académie. Joli port. par Pitau, d'apr. Varri.

371 **Gomberville** (Marin-Leroy de), de l'Académie. 2 p.

Goudelin (P.-J.), poëte gascon, par Baour, d'apr. Despats.

372 **Gresset**, par Jamont et Pourvoyeur. 2 p.

373 **Hagedorn**. Charmant portr. par Verhelst.

374 **Helvetius**, par Alix, d'apr. Vanloo, en couleur.
— par Saint-Aubin, d'apr. Vanloo
— par Macret, Vérité, etc. 5.

375 **Houdart de la Motte**, de l'Académie, par Edelinck, d'apr. Ranck.
— par Dupin, Ingouf et chez Crépy. 3 p.

376 **Hourcastremé** (P.), littérateur.

Jasmin, par Beharghel. 1838

Joly, par Delvaux, d'apr. Boullogne.

Jouy (de). Avant la lettre.

377 **Justel** (Christ.), historiographe du roi sous Louis XIII.

378 **Klopstock**, par Fréd. Muller.

379 **Kotzebue**, par Fréd. Muller et Canu. 2 p.

380 **Labaumelle**, avec Voltaire et Fréron, par Saint-Aubin.

Labouisse (de), par Adam, d'apr. Chasselat.

381 **La Bruyère** (Jean de la), par Savart et Cathelin, d'apr. Saint-Jean. 2 p.
— par. Seraucourt, Desrochers, François et anonymes. 4.

382 **Lachaussée** (Nivelle de), de l'Académie, par Miger, d'apr. Laroche. Beau portr.
— par Ingouf et édit. Touquet. 2 p.
383 **Laclos**, par Morel, d'apr. Carmontelle.
384 **Lafontaine**, par Delvaux et Delaunay, d'apr. Rigaud. 2 jolis petits portraits.
— par Fiquet, d'apr. le même, pour les contes.
— par Desrochers, Macret, Lachaussée, Duflos, Devaux, Dupin, etc. 19 p. à diviser.
385 **Laharpe**, par Lebeau, d'apr. Desrais.
— par Huot, d'apr. Pujos.
— par Bonneville, édit. Touquet et anonymes. 5 p.
386 **Lanoue** (Jean-Baptiste Sauvé de), par Duponchel, d'apr. Monnet. Autre, édit. Touquet.
Lantier, par Gaucher, d'apr. Ducreux.
387 **Larochefoucauld** (duc de), par Choffard, d'apr. Petitot. Joli petit portr.
— par François, Saint-Aubin, Petit, Gaucher, Duponchel. 6 p.
388 **Lebrun** (D.). par Macret, d'apr. Choquet, Bonneville et anonyme. 3 p.
Lefranc de Pompignan, par Delvaux.
— Autre, avant la lettre
Lemière. Édit. Touquet.
389 **Lesage**, par C. L. Lingée. Joli petit portr. avant la lettre. — Le même avec la lettre.
— par J.-B. Guelard.
— par Delvaux, Dupréel, Saint-Aubin et anonyme. 4 p. — L'auteur de Gil Blas au café, lith.
390 **Letourneur**, par Vinsac, d'apr. Pujos.
Mairet (Jean), par Duponchel.
Malfilâtre.
391 **Malherbe** (François de), par David.
— par Coëlemans, d'apr. Finsonius.
— par Lubin, Fessard et Duflos. 3 p.

olume 3

Poisstiï

sey 6.50 Leroux 8.50
Singé Laurell

Picard 3

Vatel 3

[illegible]

Vatel 5

[illegible]

Pylé 3

392 **Mancini**, duc de Nivernais, par Saint-Aubin et anonyme. 2 jolis portr.

393 **Marcassus** (P. de), par M. Lasne, d'apr. Dumonstier. Beau portr.

394 **Marivaux** par Ingouf, d'apr. Pougin de Saint-Aubin. Très-joli portr.

— par Chenu, d'apr. Garand, Miger, et édit. Touquet. 3 p.

395 **Marmontel**, par Gaucher. Joli petit portr.

— Chez Bligny, avant la lettre.

— par Dupin, d'apr. Cochin, Bonneville, Leroux, etc. 7 p.

396 **Marot** (Clément), par Réné Boivin. 1576.

— Avec entourage ornementé (XVIe siècle).

— par Duflos, Delaunay, Delrie, etc. 4 p.

397 **Mellin de Saint-Gelais**. 2 Portr. différents.

398 **Ménage** (Gilles), par Nanteuil. 1er et 2e état.

— par Desrochers et V. Schuppen. 2. p.

399 **Métastase**, par Gaucher, d'apr. Heiner, Joli petit portr.

400 **Molière**, par J. Audran, d'apr. Mignard, à mi-corps, appuyé sur une console, à Paris, chez Crépy.

— Tiré des Grands Hommes de Perraut.

— par Desrochers, Duflos, Roy, Lignon, avant la lettre, etc. 22 portr. différents.

401 **Moncrif** par Cathelin, Duflos et Ingouf. 3 p.

— Pleurez Muses, l'Alexandre des chats gît sous cette colonne, avec petit portrait de Moncrif.

402 **Mongin**, évêque de Bazas, de l'Académie, par Petit.

403 **Montaigne**, par Saint-Aubin, Lebeau, Desrochers, etc. 11 portr.

404 **Montreuil** (Mathieu de), poëte, par Picart le romain. 1665. Joli petit portrait.

— Autres, par N. Arnoult et Ingouf. 2 p.

405 **Palaprat**, par Delvaux.
Palissot, par Choffard, d'apr. Monnet. 2 diff., par Poletnich, d'apr. Saint-Aubin.
— par Gautier, d'apr. Odevare, avant et avec la let.
406 **Panard**, par Miger, Chenu, Adam et Hubert. 4 p.
407 **Parny**, par Isabey et autres, avant la lettre. 3 p.
408 **Pascal** (Blaise), par Edelinck.
— par Sornique, Bradel, Desrochers, chez Vallet, Delaunay, etc. 16 p.
409 **Picart** (L.-B.) par Delvaux, d'apr. Mme Auzou, et par Allais, d'apr. Boilly. 2 p.
410 **Pigault Le brun**, par Bovinet, d'apr. Augustin et phys. Quenedey. 2 p.
411 **Pils** (de), par Gaucher, d'ap. François. Charmant petit portrait.
— par Ruotte, Mariage et autre, avec trophées de vigne, avant la lettre. 3 p.
412 **Piron**, par Saint-Aubin, et Lemire. 2 p.
— par Bumphry, Bovinet, édit. Touquet et anonymes. 8 p.
— Autre, avant la lettre Joli petit portr.
413 **Poinsinet**, par Voyez le jeune.
Racan, par Desrochers, Duflos et Delvaux. 3 p.
414 **Pope** (Alex.), par Will et Lebeau, d'apr. Kneller. 2 jolis portr.
415 **Racine** (Jean), par Dupin, d'apr. Santerre avec entourage de Babel.
— par Gaucher, Cathelin, Collyer, Crépy, Scotin, etc. 15 p.
416 **Racine** (Louis), par Tanjé, Delvaux, Gaillard, S. Massard. 4 p.
417 **Raynal**, par Delaunay, d'apr. Cochin. 2 p.
— par Boily, Legrand et anonyme. 3 p.
418 **Regnard** par Macret, Leroux. 6 p.
419 **Relongue** (J.-Ch. de), poëte. Joli pet. portr. Rare.

[illegible]

[illegible]

[illegible]

Renault de la Grelaye, littérateur.

420 **Restif de la Bretonne**, par Berthet, d'apr. Binet. Autre, anonyme.

421 **Reyrac** (Ph.-Laurent), par Delvaux. Joli petit portr.

422 **Richelet** (Nicolas), par M. Lasne (il a fait des commentaires sur Ronsard).

Richelet (Pierre), auteur du dictionnaire, par Seiller, Desrochers et anonyme. 3 p.

423 **Richer de Roddes de la Morlière**, par Lépicié, d'apr. Latour. Beau portr.

424 **Rivarol** (Pierre de), Anonyme.

425 **Ronsard**, poëte du XVI siècle. Joli petit portr. du temps, sur bois.

426 **Rotrou**, par Duponchel, édit. Touquet, et chez Daumont. 3 p.

427 **Rousseau** (J.-J.), par Saint-Aubin, d'ap. Latour, Massol, d'apr Queverdo, autre en pied, en couleur. 3 p.

428 **Rousseau** (J.-B.), par Schmidt, d'apr. Aved, Desrochers, Delaunay, Delvaux, etc. 12. p.

— par J. Daullé, d'apr. Aved. Grand et beau portr.

429 **Rulhière** (de), de l'Académie, par Dien.

Sacy (Louis de), chez Daumont.

Saint-Foix (Poulin de), par Lemire, Maleuvre et anonymes. 4 p

Saint-Marc (de), par Gaucher.

Sales (Delille de), par Vinsac, d'apr. Pujos.

Saurin, par Duponchel et édit. Touquet. 2 p.

430 **Scarron**, par Lemire, Ingouf, Chapuis, etc. 8 p.

431 **Sedaine**. Édit. Touquet.

Segrais (de), par Mathey, Desrochers et anonyme. 4 p.

Thomas, de l'Académie, d'apr. Cochin.

Titon du Tillet, par Petit, d'apr. Largillière.

432 **Serre** (Jean-Puget de la), historiographe de France. Beau portr. en pied.

433 **Shakespeare**, par Beaumont, Verhelst, Vander Gucht et Moitte. 4 p.

434 **Sterne** (Laurence), par Sherwin. Joli petit port.
— par Ridley, S. A. Chapuy et anonymes. 5 p.
— Sterne conduisant Maria, par Parker, d'apr. Northcote.

435 **Tasse** (le), par Savart, Delaunay et Boudan. 3 p.

436 **Tourreil** (de), de l'Académie, par N. Edelinck, d'apr. Benois

437 **Tressan** (comte de), par Delaunay et Fittler, d'ap. Borel. Joli petit portr. 2 p.

438 **Vadé**, par Fiquet, d'apr. Richard, Boily, édit. Cazin et anonymes. 5 p.

439 **Vasselier** (Joseph). Poëte. 2 anonymes.
Vauvenargues.
Verny (de), par Delorieux.

440 **Voisenon** (abbé de), par Delaunay, d'apr. Vigié, par Lachaussée et Dupin, d'apr. Desrais. 3 p.

441 **Voiture**, par Nanteuil, d'apr. Champaigne. Belle épr.
— par Lubin, Desrochers et anonymes. 5

442 **Voltaire.** Debout, dans un entourage ornementé par Moreau. Joli petit portr.
— par Gautier Dagoty, en couleur. Rare.
— Esquisse d'après nature, 1769.
— Le Vieux Malade de Ferney, en septembre 1777, avec robe de chambre à ramages. Rare.
— Le Déjeûner de Ferney, par Née et Masquelier, d'apr. Denon.
— Les Cendres de Voltaire et Rousseau portées au Panthéon, par Colibert, d'apr. Boiseau.
— Voltaire aux enfers. O mes amis venez en bons chrétiens, etc.

[illegible]

[illegible]

Martin 15

Jornayer 2.50 Berger 5

Berger 10

Savy 12 [illegible] Berger 10

Savy 8.50 Berger 10

PIÈCES SUR LES ÉCRIVAINS

ET LEURS ŒUVRES.

443 Le Roman Comique. 15 p. d'après Pater, par Surugue, Jeaurat, B. Audran, etc. Très-belles épr. bien conservées.

— Même sujet. 26 p., par et d'après Oudry. A Paris, chez Desnos. Compositions spirituelles.

444 Notre Berceau fut un café. Réunion d'écrivains au café Procope. Jolie petite pièce.

445 Pâlis-Sot, année littéraire : Que veut dire cette lyre? Titre des œuvres de Scarron. 4 p., les trois premières sur Palissot et Fréron.

446 Don Quichotte à genoux devant sa Dulcinée. Il est armé chevalier. 2 p. par Descourtis, d'ap. Schall, avant la lettre.

447 Jeu du Cheval Pégase, dédié aux favoris d'Apollon.

448 Il prit, quitta, reprit le Cilice et la herre. Pièce à l'eau-forte, sur un écrivain dont nous ignorons le nom.

449 Sujets pour les chansons de Béranger, par Henri Monnier. 17 p., format in-4.

450 Sujets pour les chansons de Béranger, par H. Monnier, 33 pièces coloriées et en noir, format in-8.

451 Morale des Fables. 20 jolies compositions sur les fables de La Fontaine, par Bouchot, coloriées, à l'exception d'une.

452 — Les grammairiens aux prises, le Phénix renaissant de ses cendres. C'est une ronde d'ânes autour d'un bûcher sur lequel on voit les œuvres de Voltaire, Rousseau, etc., 3 caractures.

THÉATRE

ACTEURS & ACTRICES

PORTRAITS.

453 **Abington** (Mrs). Joli petit portr.

454 **Albert Himm** (Mme), dans l'opéra du Laboureur chinois, par Galard, 1813.

455 **Albouy-Dazincourt**, par Ruotte, d'ap. Bouton. Avant et avec la lettre.
— par Robert Delaunay.

456 **Albrecht** (Sophie), par Berger, 1784.

457 **Armand**, dans Conaxa.

458 **Arnould** (Sophie), par Bourgeois de la Richardière, d'ap. de Latour.

459 **Auzou** (Mlle Adélaïde), d'Évreux. Avant la lettre.

460 **Baptiste** aîné, par Bourgeois de la Richardière, d'ap. Vincent. Épr avec 2 lignes de texte.
— Le même, avec 4 lignes.

461 **Baptiste** cadet, par Leroy, d'ap. Cœuré.

462 **Baron**, par Desrochers, Delvaux et Dupin, d'ap. de Troy. 3 p.

463 **Beaulieu**. Nicolas Ricco, par Vérité, d'ap. Bauzil. En couleur.

464 **Beaumenil** (Mme), par Vidal, d'ap. Pujos. Joli portr.

465 **Bellamy** (Miss), par Maradan, d'ap. femme Benoist. La même, tenant un poignard.
— Désespoir de Miss Bellamy, sur le pont de Westminster.

[illegible] 1

[illegible] [illegible] [illegible] 15

[illegible] 1-10

[illegible] 1.50

[illegible] 1.50 [illegible] 5.50
[illegible] [illegible] 1.50
[illegible]

406 **Belmont** (Mme). Costume de ville dans Fanchon La Vielleuse.

407 **Bennett**, du Théâtre-Italien.

408 **Benwel** (Mrs), par Ward, d'ap. Hoppner.

409 **Bertinazzi** (Carlin). Joli portr. en couleur.

470 **Blasis** (Ch. de), d'ap. Lawreince.

471 **Bourgoin** (Mlle), par Roy, d'ap. Sicardi. En couleur.

472 **Brandes**, par Berger, 1780.

473 **Brizard**, par Avril, d'ap. Guiard. 2 autres anonymes.

474 **Butterbrodt**, pesant 476 livres (on le montrait au Palais-Royal), par Swebach-Desfontaines.
— 2 autres différents. Chez Basset.

475 **Caillot**, par Miger, d'ap. Voiriot.

476 **Catalani** (Mme), par Dien, d'ap. Singri. Épr. avant la lettre.

477 **Chazel** dans Conaxa.

478 **Chenard**, par Commarieux, d'ap. Vincent. Avant la lettre.
— Autre, avant la lettre.
— par Lingée, d'ap. Cochin.

479 **Chevillet de Champmeslé**, par Dupréel, d'ap. Netscher.

480 **Clairon** (Mlle), par Michel, d'ap. Pougin de St-Aubin, avec une scène de Médée dans le bas.
— par Tassaert, d'ap. Bornet.

481 **Clive** (Mrs), par Van Bleeck.

482 **Colbran** (Isabelle), par Madrazo.

483 **Colombe** l'ainée (Mlle), par Patas, en pied. Beau costume.
— En couleur, par Janinet.
— par Delattre, d'ap. Lemoine.

484 **Contat** (Mlle), rôle de Suzanne dans la Folle Journée. En couleur.

— La même, par Prud'hon, d'ap. Cœuré.

485 **Cretu** (Mme). Joli portrait par Pallière.

486 **Dauberval** (Jean Bercher), par Legoux, d'ap. Lefèvre. Joli petit portr.

Dauberval (Mme), par Legoux, d'ap. Lefèvre. Charmant petit portr.

487 **Death**, par Corner, d'ap. Sherratt.

488 **Déjazet** (Mlle), par Riffaut, d'ap. Howel.

489 **Desbrosses** (Mme). Joli petit portr. Chez Esnaut et Rapilly.

490 **Desessarts** dans le Glorieux.

491 **Desgarcins** (Mlle)), par Beljambe, d'ap. Monnet.

492 **Desmares** (Mme), du Vaudeville, dans la Marchande de modes (parodie de la Vestale).

493 **Didelot** (Mme), par Conde et Reynolds, d'ap. Stenard. En pied.

494 **Dominique** (Joseph), par Hubert, d'ap. Ferdinand.

495 **Dosainville**, par Darcis, d'ap. C. Vernet.

496 **Dourdet**, du théâtre de la Foire, par Basan, d'ap. Vigée.

497 **Drouin** (Mlle), femme Préville, par Michel, d'ap. Colson, avec scène dans le bas. Joli portr.

498 **Duchesnois** (Mlle), par Pointeau, d'ap. Bouchardy.

499 **Duclos** (Mme), par Desplaces, d'ap. Largillière. Beau portr.

500 **Ducreux**, dans le Joueur.

501 **Dufresne** (Mme), par Lépicié, d'ap. Aved. Très belle épr.

Grand.

Dubois

Dubois

Valferdin C.

502 **Dugazon,** en buste, de profil à gauche. Joli portrait avant la lettre que nous croyons être de Duplessis Bertaux.

503 **Dugazon** (Mme), par Lebeau. Charmant petit portr.
— Autre, chez Alibert.

504 **Dumesnil** (Mme). Chez Elluin.
— Autre, par Courbe.

505 **Duplerge** (Félix). Au physionotrace Quenedey. Rare.

506 **Duplant** (Rosalie), par Elluin, d'ap. Leclerc.

507 **Dutey** (Mlle), par Lebeau. Joli petit port.

508 **Édouard,** dans la Maison en loterie.

509 **Eigensatz** (Mlle), par Weiss, d'ap. Adamek.

510 **Elleviou,** par Audouin, Canu, Bourgeois de la Richardière, etc. 4 portr.

511 **Eugénie** (Mlle), par Corbutt, d'ap. Legendre (la jeune Sultane).

512 **Farren** (William) de Covent Garden.

513 **Favart** (Mme), par Flipart, d'ap. Cochin. Épr. avant les mots: Frontispice du tome v dans le haut.
— Le même, avec les mots ci-dessus indiqués.
— par Chenu, d'ap. Garand. Charmant petit portrait.
— En pied, rôle de Pèlerine, par Beaumont, d'ap. Allais. Belle pièce.
— Vignette, d'ap. Boucher.

514 **Fiorelli**, dit **Scaramouche**, par Habert. Rare.

515 **Fix** (Mlle), par Riffaut, d'ap. Chavet. Joli portr.

516 **Fleury**, par Leroy, d'ap. Pajou.

517 **Flore** (Mlle), rôle de Mariolle du Coin de rue.

518 **Foote** (Samuel), auteur et acteur. 2 portr.

619 **Fortunato Sulgher Fantastici**, par Raph. Morghen, d'ap. Angel. Kauffmann. Charmant petit portrait. Rare.

620 **Gardel** (Pierre), par Eymar.

621 **Garrick** (David), par Viel, d'ap. Reynolds.
— par Romanet, d'ap. Hogarth.
— d'ap. Reynolds. En couleur.
— par Cochin et Dupuis.
— Autre, anonyme.
— par June, d'ap. Robert (rôle de femme).
— En couleur, rôle de Richard III.
— d'ap. Hogarth, rôle de Richard III.

622 **George** (Mlle), avec Mlle Bourgoin, par Vendramini.

623 **Gherardi** (Évariste), faisant le personnage d'Arlequin. En pied. Chez J. Mariette.
— par Edelinck, Desrochers et Sysang. 3 p.

624 **Gimat de Bonneval**, par Michel, d'ap. Huquier.

625 **Gonzalès** (Lazare), surnommé de Tormes.
— Autre, par Harrevyn.

626 **Grimacier** (Le) de Tivoli.

627 **Guimard** (Mlle). Le Concert à trois. Très-rare.

628 **Hall** (Jacob), par Schenker et anonyme. 2 p.

629 **Haller**, par Katz.

630 **Hartley** (Mme), par Sherwin. Beau portrait.

631 **Holman**, par W. Angus.

632 **Huet**, de l'Opéra-Comique, par N. Lecomte.

633 **Iffland**, par F. Muller.

634 **Jeannot** (Rôle de). Les battus payent l'amende.

635 **Joly** (Mme), par Langlois.

636 **Journet** (Mlle), par Desrochers.

637 **Kemble**, par Gardiner, d'ap. Harding.

638 **King** (Thomas). 3 portr.

639 **Lafond** (F. P.). Costume du Directoire.

[illegible] 6.50 [illegible] 10.

[illegible] 3.50

Vallet 6

Debar Milgenne 10
Dudy 10

St. Bar

540 **Larive** (De), par Aug. St-Aubin, d'ap. Sauvage. Joli petit portr.
— Autre, médaillon rond sur fond bleu.

541 **Laruette**, par Miger, d'ap. Cochin.

542 **Laruette** (Mme), par Devaux, d'ap. Simonet. En pied, rôle de Babet, dans les Sabots. Jolie pièce.

543 **Lavigne**, par Prud'hon fils, d'ap. Favard. 2 épr. avec différence dans le texte.

544 **Lazzerini**, de l'Opera Buffa. Joli portr. par Gaucher.

545 **Lecouvreur** (Adrienne), par P. Drevet, d'ap. Coypel.
— par Petit, d'ap. Coypel. Impression à la sanguine.
— par Schmidt. Rare épr., non terminée, avant la lettre.
— Le même. Épr. terminée.

546 **Lekain**, par Aug. St-Aubin, d'ap. Lenoir.
— par Michel, d'ap. Huquier.
— par Chatelin, Buquoy et Bonneville. 3 p.

547 **Lepeintre.** Rôle de Voltaire.

548 **Lescot** (Mlle). Chez Esnaut et Rapilly.

549 **Levasseur** (Mlle), par Pruneau, d'ap. Ph. Dumont. Charmant portr.

550 **Magarient** (Pierre), de Paris, maître de danse et faiseur de tours de force; avec compartiments ornementés, où sont représentés des tours de force.

551 **Maillard** (Mlle). Beauté, grâces et jeunesse, en Maillard tout est charmant, etc.

552 **Mars** (Mlle), par Niquet, d'ap. Deveria, en pied, avant la lettre.

553 **Mayeur**, par Ridé, d'ap. Lepeintre. Charmant portr. en couleur. Très-rare.

554 **Mazurier**, par Cardon, d'ap. Dubouloz.

655 **Mendes**, par Mansfeld, d'ap. Lange.

656 **Mira Brunet** (Jean-Joseph), par Roy. Rare.

657 **Molé** (François-René), par Aug. St-Aubin, d'ap. Aubry. Joli portr.

658 **Noverre**, maître de ballets, par Roger, d'ap. Guérin.

659 **O'Brien** (Miss), par Spooner, d'ap. Reynolds.

660 **Odry**, par Charlet (rôle de Beldame).

661 **Olivier** (Mlle), par Coutellier. Joli portr. en couleur.

— La même, par Lebeau, d'ap. Desrais.

662 **Palmer** (John). 2 portr.

663 **Parsons**. 2 portr.

664 **Passé** (Ch.), dans Philippe de Bourgogne, par Brooksaw, d'ap Hendricks. Rare.

665 **Pasta** (Judith), par Caporali.

666 **Perour**, compositeur de ballets, par F. Chereau, d'ap. Tournière.

667 **Pelissier** (Mlle), par Daullé, d'ap. Drouais. 1re épr. avant que l'adresse de Drouais n'ait été effacée.

668 **Philippe** (de la porte St-Martin), sur son lit de mort.

669 **Poisson**, par Edelinck, d'ap. Netscher. Ancienne et belle épr.

670 **Preville**, par Couché et Ridez.

671 **Punt** (J.), peintre et graveur (a été acteur), par Mac Ardell, d'ap. Myn.

672 **Quick** (John), d'ap. Lawreinson.

673 **Rachel** (Mlle), par Riffaut, d'ap. Skelton.

674 **Raucourt** (Mlle), par Malapeau.

— par Lingée, d'ap. Freudeberg et Moreau, avec scène au bas.

— avec sept vers au bas.

675 **Ravel**, l'incomparable danseur de corde. Scène.

Dubois

Druy. 1 50

Henry 1.

Druy. 2.50 Savy 3.

Henry 1 50

Henry 1

Henry 1

Vol. 1 5

Hardman 3

[illegible] 30 W. Fleury

Henry 1.50

Dreyer 2.50

576 **Renaut** l'aînée (Mlle), par Bréa. Joli portr.

577 **Revalard**, rôle de Sinderhann de Tête rouge (salle des Jeux gymniques).

578 **Rézicourt** (dans les Deux Ermites). Rousseau *fecit*, l'an II de la république.

579 **Riccoboni** (Mme), par Bovinet.

580 **Richaud Martelli**, auteur et acteur, par Galard.

581 **Romagnesi**, dit le docteur Balouard. Chez J. Mariette.

— Autre, avec la mention de mort à Fontainebleau.

582 **St-Aubin** (Mlle Alexandrine), par Lefèvre, d'ap. Lemire.

583 **St-Huberti** (Mme), par Janinet, d'ap. Lemaire.

— par Colinet, d'ap. Lemoine.

— Autre. Chez Esnaut et Rapilly.

584 **Servandoni d'Hannetaire**, auteur et acteur, par Vangelisty, d'ap. Monnet. Joli portr.

585 **Siddons** (M^rs^), par Sherwin. Beau portr.

586 **Talma.** 6 portraits différents.

587 **Thomassin**, par Bertrand, d'ap. Latour. Beau portr. Très-rare.

588 **Tonelli** (Mlle), par Lempereur.

589 **Vernet**, dans les Expédients.

589 bis **Vestris.** A Londres, 1781. Rare.

590 **Volnais** (Mlle), en buste, par Drouet, rôle d'Iphigénie, par Chaponnier, d'ap. Favart.

591 **Woffington** (M^rs^), par Pearson.

592 **Woodward** (Harry).

593 **Collection Martinet.** 454 pièces représentant des acteurs et des actrices dans leurs rôles. On y remarque, dans plusieurs rôles, Brunet (20), Hippolyte (12), Joly (19), Philippe (12), Pierson (11), Potier (21), Tiercelin (12), Vertpré (11), Mme Belmont (7), Déjazet (9), Mme Desmares (4). Flore, Gavaudan, Hervey, Mars, Minette, Pradher, Raucourt, Rivière, St-Aubin, Volnais, etc., également dans plusieurs rôles. Partie de ces costumes sont devenus rares, principalement ceux du commencement de la publication. Cet article sera divisé.

594 **Acteurs et Actrices** français et étrangers. 242 pièces à diviser.

SCÈNES THÉATRALES, ETC.

595 Scènes de Roland, tragédie. 2 p.

596 Parade d'Arlequin. Jolie pièce en manière noire, par C. Dusart.

597 **Comédiens italiens.** Très-belle composition, d'ap. Watteau, par *Baron.*

598 L'Amour au Théâtre-Français, l'Amour au Théâtre-Italien, par *Cochin*, d'ap. Watteau. 2 belles pièces.

599 Marche comique, par *Ravenet*, d'ap. Pater. Belle pièce.

600 M. Thomassin et Mlle Silvia de la Comédie-Italienne, par *Cars*, d'ap. Lancret, avec quatre vers au bas. Jolie petite pièce. Rare.

601 Danseurs de corde, tours de force, Scaramouche, Colombine (scène de de la comédie italienne, etc. 18 sujets sur 2 feuilles, avec texte hollandais.

602 **Camargo** (Mlle), par Hedouin, d'ap. Lancret.

[illegible]	594	50	[illegible]	11	
		50		7	
		50	[illegible]	7	50
		41	[illegible]	4	[illegible]
		53 [illegible]		16	50

Drag. 50

Vatel 3

603 Le Marquis, dans le Dissipateur; le Joueur, dans la comédie du même nom. 2 pièces.

604 Théâtre d'exercices les plus surprenants, tours de force et de souplesse (sous Louis XV). Belle pièce par *Jac. de Favannes*. Rare.

605 Pas de deux par Dauberval et Mlle Allard, par *Tilliard*. d'ap. Carmontelle.

606 **Garrick** et mis **Bellamy**, dans une scène de Roméo et Juliette, par *Ravenet*, d'ap. Wilson.

607 Madame Ragot et Jeannot; Suzon à la fenêtre. 2 pièces.

608 Le grand jeu des sauteurs de corde, sauteurs et voltigeurs, avec un grand nombre de sujets d'exercices. Rare.

609 Pièce sur le Caveau. Les francs Buveurs, scène où l'on voit plusieurs vaudevillistes et chansonniers, parmi lesquels Armand Gouffé.

610 **Calas** (Sur le mélodrame de). 4 compositions de scènes.

611 Le Poëte fécond, par *Galard*.

612 Le fait n'est que trop vrai, le Serpent et la Lime, Tenez vous bien Monsieur l'abbé, le Triomphe interrompu, le Feuilletoniste assailli par les théâtres, la Perruque enlevée, etc. 8 caricatures sur le critique Geoffroi. Répétition du Nouveau Seigneur, opéra-comique.

613 Le Maréchal, comédie, cirque, cerf Coco et cerf Azor, exercices de chevaux, costumes de théâtre. 5 pièces.

614 Scènes des pièces suivantes: Les Blouses, Cendrillon, Pierre, Paul et Jean, le Fils vengeur, les six Pantoufles, la Famille du porteur d'eau, les Anglaises pour rire. 7 pièces.

615 L'incomparable cerf du Nord, nommé Azor; nouvelle Ascension, par *Billet*, d'ap. Jamon.

616 Marc et Constantine, lions amenés d'Afrique et apprivoisés par Félix Cassal, leur gardien, par *Châtelain*, an II, d'ap. Huet.

617 Martin (Allons voir) monter à l'arbre; la belle Limonadière; la Marchande de modes, parodie de la Vestale; scène du Comte Ory, com.-vaudeville. 4 pièces.

618 Le Transfuge. Gonthier quittant le Vaudeville pour le Gymnase.

619 Scènes de la Saint-Barthélemy, tragédie de Charles IX. Le cardinal de Lorraine bénissant les assassins. 2 p.

620 Les Théâtres. Caricature. 1815.

621 Le Début de Mlle Chameroy en paradis.

622 Vive les quolibets. En faveur de la raison, faites grâce au badinage. Jolie petite pièce.

SUR LA DANSE.

623 Le Bal, par Abr. Bosse. Beaux costumes Louis XIII. Le texte du bas manque.

624 Ouverture du bal solennel que les puissances ont tenu à la salle germanique où les rois de France, de Pologne, les électeurs de Bavière et Palatin dansèrent, chacun dans leur rang, avec la reine de Hongrie. 1742. Jolie pièce avec texte en bas.

625 La Contredanse, par *Brion*, d'ap. Watteau.

626 La Danse champêtre, par *Dupin*, d'ap. Watteau.

627 Les Plaisirs du bal, par *Scotin*, d'ap. Watteau. Cette composition est la plus belle des productions du maître.

628 Ballet dansé dans Pygmalion, par Caroline et Charlotte Frédéric, en 1758, gravé par *Punt*, d'ap. Vander Myn. Jolie pièce.

Herner 1.50

Ewbank 2.50
Ewbank 2.75
Ewbank 2.75

Vatel 6

[illegible] Ruhmeister Vatel 10

[illegible]

[illegible] 5

[illegible] 4

[illegible]

629 **Bal du May donné à Versailles, en 1763, par Martinet, d'ap. Slodtz. Jolis costumes Louis XV.**
630 **Intérieur de la salle de la place Dauphine. Bal masqué sous Louis XV, avec nombreux costumes.**
631 Bal masqué dans la salle construite sur la place de Grève, le 23 janvier 1782.
632 Le Menuet de la mariée, l'une des plus charmantes compositions de *Debucourt*, en couleur. Rare.
633 La Manie de la danse, par *Debucourt*. Rare.
634 Danse sous Louis XVI. Dessin au crayon, manière de Desrais.
635 La Folie du jour, par Tresca.
636 Figure de la Griel, contredanse avec musique. Chez Mlle Castagnery.
637 La Poule, la Pastourelle, le Moulinet, la Trénis, Dos-à-dos, Vis-à-vis, les Grâces de Chesterfield, etc. 7 compositions très-amusantes, par Cruikshank. Cet article pourra être divisé.
638 Enseignement mutuel de danse. Les Russes à Tivoli. 2 pièces.
639 La Valse, époque de l'empire. 1 dessin.
640 Le Bal de Vincennes, la Valse, chez Basset ; la Dansomanie. 2 p.

Pièces diverses, Magnétisme, Vaccine,

SUR MESMER ET LE MAGNÉTISME

641 **Mesmer.** (Ant.) par Dupin, d'ap. Desrais.
— Autre, au phys. Quenedey.
— Autre, avant toute lettre. Joli portr. Très-rare.
642 Le Doigt magique, Femme magnétisée par un homme à tête d'âne. 2 pièces différentes sur le même sujet.

643 Magnétisme animal, Animaux autour du baquet. Rare. Malades au baquet. 2 pièces.

644 Le Mesmérisme, avec portr. de Mesmer au bas. Jolie pièce imprimée à la sanguine. Rare.

— La même, imprimée en bistre, avant les deux lignes de texte en bas.

645 Les effets du Magnétisme.... animal. Jolie pièce très-bien exécutée. Très-rare.

SUR LA VACCINE

646 Inoculation de la vaccine. 2 sujets sur la même feuille, avec texte explicatif au bas. Dessiné et gravé par *Baltard*.

647 L'origine de la Vaccine, le Nec plus ultra, le docteur Vaccinando. 3 caricatures.

648 L'Inoculation à la mode, avec costumes d'incroyables.

649 La Dindonnade, ou la rivale de la vaccine.

650 Sept contre un, ou le comité de la vaccine; la Vaccine aux prises avec la Faculté; Triomphe de la petite Vérole; la Vaccine morte en avortant de son dernier monstre. Dessin. 4 caricatures.

PIÈCES DIVERSES

651 Franc-Maçonnerie. Réception des apprentis et des maîtres. 6 pièces. Costumes Louis XV.

— Pièce en mémoire des secours donnés aux malheureux pendant l'hiver de 1789, par *Louvion*, d'ap. Desrais.

652 Le Repas italien, par *Ph. Lebas*, d'ap. Lancret. C'est une des plus belles compositions du maître.

653 La Foire de campagne, par *Cochin*, d'ap. Boucher. 1re épr. avec l'adresse de Filloeul.

Ewbank 2 75

Ewbank 3

[illegible] 17 [illegible] 82

[illegible] 1[illegible] [illegible] 2,50

[illegible] 1

[illegible]

654 **Vue de la foire de Beson, près Paris. Spirituelle composition à l'eau-forte, par *Gabriel St-Aubin*. Rare.**

655 Les Divertissements de la loterie. Jolies scènes à costumes dans des cartouches ornementés, par *N. Parr*, d'ap. Gravelot. Rare.

656 Marché des femmes dans l'Inde. Scène de vente. Jolie pièce anglaise.

657 La Toilette, ou l'amusement du matin. Pièce curieuse sur les modes du temps de Louis XVI, coloriée. Rare.

658 Voilà le Mardi-Gras qui arrive, comme nous allons nous faire des bosses. 1 dessin.

659 Le Carnaval, par *Debucourt*. Jolie pièce de mœurs. Rare.

660 Un gourmand, par *Debucourt*.

661 Le jeu de l'ombre et le pied de bœuf. 2 charmantes pièces à costumes de la fin de Louis XIV, par *B. Picart*. 1709.

662 La Roulette, maison de jeu sous le directoire, par *Blanchard*, d'ap. Desrais. Curieux costumes.

663 La Triomphe. Costumes du directoire. Jolie pièce coloriée.

664 Le jeu de dames et de dominos, échec et mat, le jeu des sages (les boules), le petit palet, le jeu du diable, la dame soufflée. 8 pièces.

665 Jeux de société. Le roi de Maroc, le Berceau d'amour, le chevalier de la Triste Figure, le Pont d'amour. 4 pièces.

666 Arrivée à Paris des deux ours et des deux enfants qu'ils nourrirent plus d'un an dans une caverne des gorges du Tyrol. Canard amusant publié sous la république, vers 1792, avec couplets.

667 Le pauvre jeune homme, Quel est le plus heureux, par *F. Lefèvre*, d'ap. E. Victoire. Pièce avec costumes de l'an x.

668 Draisienne, nouvelle voiture, par brevet d'invention, pour faire 14 lieues en 15 jours, vélocipèdes, course dans le jardin du Luxembourg, Allons, Messieurs, pour Versailles, Saint-Cloud, etc., promenades à Saint-Cloud. 7 pièces.

Renou et Maulde, imprimeurs de la Compagnie des Commissaires-Priseurs, rue de Rivoli, 144. 13187

89 Vente Lalande 2e Catalogue

5	Bazan	Pagliavague	8
10	11	Valet	1 75
12	Boucher	Valet	2 75
	Boucher Core	Hardouin	2 50
14	Bourdon	Paylevague	4 ..
15	Bourdon Mallarde	Waleber	1 ..
18	Callet	Bibliothèque	3 50
22	Caylus	Valet	1 75
30	Constantin	Bibliothèque	3
32	Coulon	Destailleur	2 50
35	Dandré Bardon		1
37	Decrange	Bibliothèque	1 75
45	Duplessis Bertaux	Valet	1 75
56	Gillot	Roll	5
57	Girardon	Valet	2
59	Gravelot Gaucher	St. Fleury	4 50
	Gravelot	St. Fleury	5 50
60	Greuze	Valet	3
61	Gros de Boze	Valet	3 50
62	Guibal, Guibert	Bibliothèque	1 50
63	Hallé	Sonsdeau	2 ..
65	Jeaurat	Valet	1 75
67	Lagrenée Latuire		3 ..
68	Laissons	Payleugue	2 ..
69	Lalive de Jully	Hardouin	3 50
70	Longuillier	Valet	8
	Longuillier	Valet	3 50
80	Maissonnier	Roll	10 ..
84	Moreau le jeune	Bailly	10 ..
99	Pigalle	Valet	1 25
101	Pierre	Destailleur	21 ..
103	Poussin	Valet	5 ..
104	Puget	Valet	3 25
105	Quesnel	Payleugue	5

Report.

113	Sauvage	Bibliothèque	7 ..
114	L. de Silvestre	Hardouin	1
115	Simon	Payleugue	7
	et Delaunet	Payleugue	6
116	Slodtz	Valet	1 75
124	Vernet	Valet	4
128	Wille jeune	Payleugue	5
	Mallet	Payleugue	5
134	Éloges contemporains	Bibliothèque	8
141	[illegible]	Bibliothèque	5 50
142	Amour des arts	Bibliothèque	2 50
458	Sophie Arnould	Valet	14
462	Baron	Valet	1 75
469	Carlin	Valet	5
471	[illegible]	[illegible]	4
474	Bellenbrodt	Duguetin	3 10
482	Colbran	Combrousse	4
483	Colombe	Combrousse	25
484	Contat	Combrousse	6
486	[illegible]	Combrousse	10
489	[illegible]	Combrousse	6
503	Dugazon	Dubois	8
503	Mad. Dugazon	Dubois	14
	Mad. Dugazon	Valet	8
510	Elleviou	Valet	2
513	Favart Mad. enfant	Valet	6
	Vignettes	Valet	2
514	Fernaudeuche	Valet	6 50
516	Fleury	Valet	1 50
520	Gardel	Valet	1 25
522	George	Combrousse	8
523	Gherardi		3 50
532	533 [illegible]	Valet	1 50
537	Kemble	Valet	2 75

Report

N°	Sujet	Marchand	Fr.	c.
539	Lafond	Vatel	1	25
540	Larrivée	Vatel	6	..
146	Barthélemy	Bott	1	50
147	Blainmaert	Bott	2	75
149	Bremberg	Bott	5	
164	Klerck	Dingulin	1	50
166	Lanlemant	Bott	15	50
170	Merian	Engelmann	3	
175	Raphael	Bott	24	
185	Wellarch		1	50
188	40 portraits		23	..
	41 D°		16	..
189	Auber	Henry	1	75
194	Boieldieu	Savy	1	50
207	Dalayrac	Savy	4	
221	Grétry	Savy	5	
226	Handel	Dingulin	6	
228	Haydn	Savy	4	
246	Lully	Bott	4	50
257	Monde	Serbank	2	50
258	Mozart	Savy	5	
268	Rameau 4 p.	Savy	5	
	4 p.	Savy	4	50
276	Seyxas	Dingulin	2	50
281	Tartini		1	50
288	Wallins	Dingulin	1	50
289	Weber	Savy	2	
290	11 Musiciens		5	
297	Maître de Musique	Serbank	1	
299	Allégorie Sardinie	Henry	1	50
631	Bal Masqué	Combescure	13	
635	La folie du jour	Combescure	3	
642	Le Doigt magique	Combescure	4	25
649	La Dindonade	Mongin	2	50
650	Le Comédien	Mongin	7	

Report

N°	Sujet	Marchand	Fr.	c.
655	La Colonie	Comoussé	9	
664	St Jorry	Combescure	3	50
667	Le pauvre pomme bon	Bott	24	..
309	Arnaud	Bott	6	
311	Daho	Dingulin	1	
319	Beaumarchais Sarreau	Henry	2	50
323	Béranger	Savy	8	
331	Brueck	Bressange	1	
332	Buffon lavant	Martin	10	50
	8 Buffon		1	50
339	Crébillon 6		1	50
340	Crébillon fils	Vatel	6	50
341	Cyrano de Bergerac	Renoir	3	
343	Dalembert	Bott	7	
347	Desmarets sergent	Berger	2	
351	Dorat 4	Laurier	2	
359	Fléchier 4 p.	Henry	6	
	16 p.	Henry	7	
364	Fontenelle sergent	Berger	1	50
	Grosse	St Fleury	1	
366	Gail		3	50
368	Gilbert	Vatel	3	
372	Gresset	Vatel	1	
376	Jasmin	Sortauvais	2	
377	Juvet	Renoir	3	
378	Klopstock	Vatel	1	
380	Labourdelle	Henry	1	50
382	Lachaussée	Henry	3	50
389	Lesage	Savy	6	50
401	Mourif	Laurier	2	
402	Mongin	Eglé	2	
412	Piron	Savy	7	50
416	Louis Racine 4		1	50
417	Raynal 5		1	50
418	Regnard 5		1	

[illegible]

N°	Sujet	Marchand	Fr.	c.
434	Herne	Laurier	2	50
444	Café Procope	Vatel	13	..
548	Lecouvreur	Dubois	10	50
	Comédie	Combescure	1	50
551	Mailbeu	Bott	10	..
553	Mayeux	Dubois	10	..
556	Mère-Bernard	Dubois	5	
558	Taverne	Dingulin	1	50
560	Odry	Henry	1	
561	Obstination	Combescure	6	
569	Poisson	Bott	4	
583	St Hubert	Combescure	17	
584	Lemonnier	Vatel	2	50
587	Thomassin	St Fleury	47	
589	Vernet	Henry	1	50
590	Volnais	Combescure	3	
593	44 Costumes	Dubois	32	
594	50 acteurs	Dingulin	7	50
	41 D°	Dingulin	4	
597	Comédiens Italiens	Bott	22	
605	Dauberval	Bott	6	50
621	Chameroy	Combescure	6	
	8 portraits peints 2.50		1	

www.ingramcontent.com/pod-product-compliance
Ingram Content Group UK Ltd.
Pitfield, Milton Keynes, MK11 3LW, UK
UKHW012049240726
13965UKWH00003B/1152